누님의 가을

국립중앙도서관 출판시도서목록(CIP)

누님의 가을 : 나태주 시집 / 지은이: 나태주. -- 제2판. --
대전 : 지혜, 2014
　　p. ;　　cm

ISBN　978-89-97386-81-9　03810 : ₩10000

한국 현대시[韓國 現代詩]

811.7-KDC5
895.715-DDC21　　　　　　　　　　　　　　CIP2014000808

누님의 가을

나태주

시집 『누님의 가을』은 1977년에 낸 나의 두번째 시집이다. 서울 친구들이 하도 섭하게 대해주는 바람에 그 서러움에 울컥해서 자비출판으로 내버리고 만 시집니다.

스스로 첫시집 『대숲 아래서』가 아들이라면 『누님의 가을』은 딸이라고 여기는 시집이다. 그러나 이제 와 돌이켜보면 아들이 소중한 만큼 딸도 귀엽고 사랑스러운 걸 알 수 있다.

37년만에 다시 출간되는 시집을 대하는 마음이 예사롭지 않다. 다만 축복과 감사가 따를 뿐이다. (첫번째 책을 낼 때는 서문이 없었는데 이번에는 짧게 자서로 형식을 대신한다.)

2014년 봄
복간시집을 내면서 나태주

차례

2부 응시

3부 하오

4부 모음

• 일러두기
　한 연이 첫 번째 행에서 시작될 때는 > 로 표시합니다.

1부

산거

돌계단

네 손을 잡고 돌계단을 오르고 있었지.

돌계단 하나에 석등이 보이고
돌계단 둘에 석탑이 보이고
돌계단 셋에 극락전이 보이고
극락전 뒤에 푸른 산이 다가서고
하늘에는 흰구름이 돛을 달고 마악
떠나가려 하고 있었지.

하늘이 보일 때 이미
돌계단은 끝이 나 있었고
내 손에 이끌려 돌계단을 오르던 너는
이미 내 옆에 없었지.

훌쩍 하늘로 날아가 흰구름이 되어버린 너!

우리는 모두 흰구름이에요, 흰구름.

육신을 벗고 나면 이렇게 가볍게 빛나는
당신이나 저나 흰구름일 뿐이에요.
너는 하늘 속에서 나를 보며 어서 오라 손짓하며 웃고
나는 너를 따라갈 수 없어 땅에서 울고 있었지.
발을 구르며 땅에 서서 울고만 있었지.

산

1
내내 구름만 보며
새소리만 들으며
물소리에 풀벌레 울음 소리에
옷깃이 젖었습네다.
그대 눈 속을 지키다 내가 먼저 글썽
두 눈에 눈물 고였습네다.

2
나는 그대 마음 알지 못해
망설이다 바람이 되고
그대 내 마음 짐작 못해
산골짝 숨어 흐르는 물소리 되다.
어느덧 눈을 들면
면전에 임자없이 익어버린
감나무 산감나무
가지 휘도록 바알간 서릿감!

산의 허리에 감긴
가느다란 가느다란 아침 실안개여.
그대 비단 살허리띠여.

3
가을비 속에 비를 맞으며
사내들은 묵묵부답
고개 숙여 기다렸나니,
서른 살 내외의 우리 나이보담은 더 많이 살았지만
그들의 어깨는 건장했나니,
우리 이담에 죽어
산에 와 나무 되어 살아요, 네?
그대 나를 보며 하던 말,
땅 속으로 바위 틈서리로
마주 잡는 손, 손,
우리의 악수는 견고했나니…….

4

그 온갖의 이얘기와 그 온갖의 슬픔과 그 온갖의 어지러운 머리칼과 그 온갖의 노여움과 비린내, 오로지 물소리로 새소리로 풀벌레 울음 소리로 맑혀가지고, 나무 아래 화안히 촛불 밝혀 산은 그렇게 조용히 물러앉은 사람. 그러면서 오히려 안으로 뜨거운 사람. 눈 비비며 아침 산책길에 나서고 보면, 잠 안 오던 지난 밤 별들의 울음소리 더러는 이슬 되어 풀섶에 떨어져 있고, 풀잎만 적셔 우리의 발길을 기다려 있고, 이제 남의 아낙도 제 아낙쯤으로 생각케 되어진 우쭐우쭐 스스럼없는 암수의 연봉連峰들, 화안히 속살 내비치는 잠옷 한 겹 바람에 비단 안개로 부끄러운 곳만 가리운 채, 흐드러지게 모두 나와 웃고 있네. 수런수런 아침상 받을 채비로 세수들을 하고 있네.

산거

1

산에 와서 혼자 부르는 메아리는
대답해 주는 사람 없어서 좋데.
산에 와서 혼자 듣는 산새 소리는
듣는 이 아무도 없어서 더욱 좋데.

2

근심이 하 먹구름 같은들
나무가 알아줄까, 산이 덜어줄까,
겨울 산벚꽃나무 잔가지에 살로 틔어 아픈 산새 소리여.
불 꺼진 석등 아래 미미한 달빛이여.

3

싸락눈 하나에 가려진 산.
눈썹 하나에 갇혀진 영원.
입술 하나에 묻혀진 바다.
아, 그대 눈에 어리어 발을 씻는 머언 흰구름.

4

하얀 달빛 뜨락에 싸락눈 내렸다.
하얀 달빛 기왓골에 싸락눈 쌓였다.
이런 밤에 잠 못 들어 뜨락을 서성이는 사람.
사람 몰래 깨어 숨쉬는 나무, 나무, 산, 산.

5

산에서 만난 사람들은 속으로만 울음 운다.
눈물을 보일 수 없어 차마 눈물을 보일 수 없어
돌아서서 남 몰래 손등으로 눈물 훔친다.
돌아서서 마른 잎 바람 소리에 눈물 씻는다.

6

바람끼리 모여 살데,
빈 산골짜기.

나무끼리 정을 트데,

아무렇게나.

스님도 구름도 한 번 가선 아니 오는 곳,
아미산중娥眉山中에……

돌끼리 눈 맞추데,
죽은 풀 아래.

맥문동을 캐면서

도솔암兜率庵 가는 오솔길에 내 어느 날 다시 찾아와서
썩은 낙엽을 헤치고 맥문동을 캐면서
네가 춘란일지 모른다고 말하던 그 맥문동 뿌리를
손가락 끝으로 후벼 캐면서
결코 나는 무심할 수 없었다.
외로운 이 길을 너 혼자서 그렇게 오랜 날 오갔을 것을 생
각하며
돌멩이 하나 썩은 나무 등걸 하나에도 나는
결코 무심할 수 없었다.

네가 눈 맞추었을 푸른 산 저녁 어스름
푸른 산 저녁 어스름에 젖어 흐르는 물소리 바람 소리
그 하얗고 가여운 모가지를 하고 너는 어디로 갔느냐?
어디로 가 어느 풀꽃송이 꽃잎 속 꽃빛깔 되어 숨었느냐?

산벚꽃은 벌써 피었다 지는데
아그배꽃은 뒤 따라와 물밀듯이 피는데

아아, 굴참나무 여린 순은 돋아나와
바람에 부푼 가슴을 출렁이는데
나는 금방이라도 네가 이쁜 도깨비 되어
나를 놀려 주려고 이쁜 도깨비탈을 그려서 쓰고
돌무더기 모퉁이로 뛰어나오며 까르르 웃을 것만 같아
파르르 가슴을 떨다가
후루룩 뜨거운 한숨을 몰아보지만,
후루룩 뜨거운 한숨을 몰아보지만,

까작까작 머리 위에서 그 때
때까치란 놈이 한 마리
메마른 울음으로
나의 땅거미를 재촉할 뿐이었다.

숲 속에 그 나무 아래

숲 속에 그 나무 아래
우리들의 나뭇잎은 떨어져 있을 것이다.
떨어져 썩고 있을 것이다.
그 날의 그 우리들의 숨소리, 발자국 소리,
익은 알밤이 되어 상수리나무 열매가 되어
썩은 나뭇잎 아래 싹을 틔우고 있을 것이다.

어차피 우리는 이승에서 남남인 걸요.
마음만 마주 뜨는 보름달일 뿐,
손끝 하나 닿을 수 없는
산드랗게 먼 하늘인 걸요.
안돼요 안돼요 안돼요 안돼요
한사코 흐르는 물소리 물소리……
덤불 속으로 기어드는 저기 저 까투리 까투리……

숲 속에 그 나무 아래
우리들의 나뭇잎은

떨어져 쌓여서 썩고 있을 것이다.
새싹을 틔우는 거름이 되고 있을 것이다.
아름다운 우리의 또 다른 여름을
아름다운 우리의 또 다른 가을을 꿈꾸며.
저 혼자서 꿈꾸며.

솔바람 소리 · D

산을 항상
푸르게 젊게 해주는 건
산에 항상
솔바람 소리 흐르고 있기 때문
아닐까?

산이 항상 정다운 건
산 위에 항상
구름 떠가는 푸른 하늘이 있기 때문
아닐까?

내 죽어 묻힐 곳도 바로 거기,
흐르는 구름 보며 솔바람 소리 들으며
아랫녘 마을
대숲바람 소리로 전해지는
사람들 와자지껄 살아가는 내력
짐작해 알며,

>
내 죽어 묻힐 곳은
구름 일등으로 잘 보이고
솔바람 소리 일등으로 잘 들리는
곳,
거기…… 거기.

솔바람 소리 · E

눈 내려 햇빛 더욱 환하고 무풍無風한 날에도 곧잘 쏴, 쏴,
먼 바다 물거품 소리 토해 놓는 소나무, 누군가 비석도 없
는 무덤 앞에 높이 섰기로 마련인 겨울 소나무라면, 무덤
속에 들어 백골인 사람들의 슬프고 비린 저승의 꿈길을 이
승의 해맑은 날빛으로 빗어서, 함께 흐느끼는 울음 소리쯤
합당할 것이요,

마을 어귀나 뒷동산에 초가지붕들을 굽어보며 꾸부정히
서 있기로 마련인 소나무라면, 수절과부와 홀애비의 외롭
고 치운 잠자리들을, 이 마을 사람들의 가난한 꿈과 방물장
수 할머니의 유리표박流離漂泊까지를, 함께 달래어 흥얼거
리는 콧노래쯤 아닐 건가.

내 이담에 죽어 땅에 묻힌 무덤 앞에도 소나무는 그렇게
몇 그루 서 있을 마련이어서, 내 이승에서 못 다한 슬픈 노
래와 사랑들을 화안한 날빛으로 빗어서, 함께 흐느끼고 있
을 것이 아닐 건가, 아닐 건가.

솔바람 소리 · F

애 이제 오니?
험한 길 조심해서 다녀라.
하던 중 더 잘 해라.

언제나 후줄근히 땀에 젖어
돌아오기 마련인 나의 등 뒤에서
고향의 언덕 위에서
솔바람 소리는 또 그렇게 자애로우신
우리의 어머니,
어머니의 어머니의 어머니.

땅 속에 들어서도 잠들지 못하는
그 분들의 노심초사.

내 어려서 솔바람 소리 들으며 자랐다.
솔바람 소리 들으며 푸르렀다.
내 이제 솔바람 소리 들으며 나이를 먹는다.
솔바람 소리 들으며 늙어갈 것을 생각는다.

솔바람 소리 · G

소나무에 기대어 하늘을 보면
옥빛 하늘의 틈서리로
쐐아하니 눈을 털며 쏟아지는
옥빛 물보래 꽃보래.

전생의 선도화仙桃花 그늘 아래
바위 아래
둘이 맨 처음 눈 맞추고 얼굴 붉히던
그 때 그 설레임의 물결 그대로

누이야……
네 숱 짙은 속눈썹이며
네 질 고운 이빨이며
희고 도톰하던 귓밥이며가
못물에 어려 여릿여릿
다가오면서 다가오면서……

>

소나무에 기대어 하늘을 보면
터진 하늘의 가랭이 사이로
검은 머리칼 날리며
말을 지쳐 달려오는 말발굽 소리
네 말발굽 소리여.

산철쭉을 캐려고

산철쭉을 캐려고 새벽 아침
이내 자욱한 산길을 오르던 나의 시각에
그대는 단잠에 떨어져 있었을 것이다.
겨우 꿈 속에서나
어디론지 가고 있는 나를 짐작해 보고 있었을 것이다.

봄 저수지 잉어 뛰는 소리에
한 귀를 팔면서
산철쭉을 캐가지고 돌아오던 나의 시각에
그대는 겨우 잠에서 깨어
낭랑한 아침 새소리가 되어 있었을 것이다.

또, 내가 잠시 시장한 것도 참으면서
마당의 흙을 후비고
여러 꽃나무 옆에 새 꽃나무를 심고 있던 그 시각에
그대는 이제 세수를 마치고 아침 화장을 하면서
나를 기다리는 이슬이 되어 있었을 것이다.

\>

어쩌면
벼랑 위에 위태로운
한 기도가 되어 있었을 것이다.

산골 속 정경靜景

솔가리 나무 하려고 갈퀴 하나 가마니 하나 옆구리에 끼고 산골 어귀에 찾아와, 선우야 선우야 즈이 동무인 듯싶은 아이 이름을 연거푸 부르며 섰는, 열 살 미만의 사내아이 하나를 본다.

점심밥 먹고 나무 하러 가기로 서로 작정해 놓고, 밥이 늦어 뒤처져 혼자 뒤 따라와, 즈이 동무의 이름이나 부르며 있는 이 아이의 목소리에 답해 줄 아이는 과연 어디에 있는가? 메아리도 겨우 되받아, 선우야 선우야 되뇌이고 있을 뿐인 이 아이의 곱디고운 미성美聲을.

혹, 백 년 뒤라도 이 아이의 손자뻘쯤 되는 아이들 또 새로 많이 나와서, 즈이 할아버지의 아이 때처럼 즈이 동무의 이름이나 부르고 있을지, 참 그건 모르긴 모를 일이다만.

시방 이 아이의 이마 위에 두려운 나래를 펴고, 빙빙 돌고 있는 새매가 그 때도 살아 있어, 손자 아이들에게 이런 모양들을 말해 주려고 또 다시 선회하며 나래를 펼지, 모르 긴 모를 일이다만.

산중 서한

산중에도 봄이 되니 풀이 푸르오. 머언 산, 가까운 산, 산들은 원근에 따라 짙고 옅은 속옷을 갈아입었소. 산새들의 짓거리며 목청도 많이 달라졌소. 쫓기고 쫓으며 산새들은 낭랑한 은방울을 흔드오. 산중의 햇볕은 이제, 껍질 벗긴 호도 속알처럼 오밀조밀하고 고소하오.

산중에 사는 사람이니 별 욕심이 있을 리 없소만, 큰 산 그늘에 작은 산 그늘이 겹쳐지면서, 산새들의 귀소가 비워 둔 하늘에 연지빛 노을이 물드는 저녁은, 산사람들에게 있어서 지향없이 헤매는 한때요. 잊었던 생각 잊었던 사람들의 소식을 듣는 눈물겨운 한때요. 가슴은 잔잔한 강물의 하구河口요.

이어 노을도 스러지고 집난이의 혼들이 의지가지없어 빛을 잃으면, 쑥송편빛 아른아른 밤하늘에 별들이 하나 둘 숨을 쉬며 빛나기 시작하오. 비로소 산사람들의 슬픔은 차겁고도 단단하고 맑은 수정이 되오. 아무도 깨뜨릴 수 없는 참 수정이 되어 풀잎 끝에 맺히오.

가을 산길

맑은 바람 속을 맑은 하늘을 이고
가을 산길을 가노라면
가을 하나님,
당신의 옷자락이 보입니다.

언제나 겸허하신 당신,
그렇습니다.
당신은 한 알의 익은 도토리알 속에도 계셨고
한 알의 상수리 열매 속에도 계셨습니다.
한 알의 개암 열매 속에도 숨어 계셨구요.

언제나 무소유일 뿐인 당신,
그렇습니다.
당신은 이제 겨우 세 살배기 어린아이의 눈빛을 하고
수풀 사이로 포르릉 포르릉
날으는 멧새를 따라가며
걸음마 연습을 하고 계셨습니다.

시

어머니, 저는 시를 회임합니다.
일찍이 당신께서 저의 어린 영혼을
당신의 몸 안에 두시고
한편 기껍고 서럽고 한편 안쓰러우셨던 것처럼.

드디어 어머니,
저는 시를 분만합니다.
그러나 이내 깊고 깊은 허탈의 샘물에 던져지고 맙니다.
일찍이 당신께서 저를 분만하고 그러셨던 것처럼.

어머니, 오직 저는
시를 회임하고 분만하는 전과정을 통해서만
당신 마음 가까이 갑니다.
저를 회임하고 분만하셨던 당신 마음의 전과정 가까이
가고자 합니다.

가을 어스름

참나무 잎에 오슬오슬
가을 어스름.

잠든 손자 등에 업고
새 보는 할머니의 가을해도 저물고
가을 어스름.

고개 너머 저수짓가
처갓집 가는 길목의
외딴 주막집,

꼴짐 받쳐 놓고 들어가
젓가락 장단에 막걸리도 마시는
낡은 주막집,

그 주막집 늙은 작부
해먹은 유행가 소리도 한 곡조쯤 깔려 있는

가을 어스름.

중년 사내 목쉰 소리의
노래 소리도 한 곡조쯤 뒤 따라서 들려오는
가을 어스름.

알밤 따기

키 큰 미루나무가 더 커보이는 가을입니다.
슬픈 소리를 내는 미루나무가 더욱 슬픈 소리를 내는 한
낮입니다.

할아버지와 손자가 밤나무 숲에 들어가
밤을 땁니다.
할아버지는 청대로 밤을 후리고
손자는 좋아라 알밤을 줍고.

할아버지는 지금 할아버지가 소년이었을 때
할아버지의 할아버지와 오늘처럼
밤을 따던 일을 생각합니다.

할아버지는 지금 이 늙은 밤나무 아래
알밤이 떨어져 싹이 터서 다시 밤이 열리면
오늘의 소년이 할아버지 되어
다시 손자 아이들 데불고 와 오늘처럼

밤을 딸 것을 생각합니다.

할아버지가 그 때 까맣게 모르셨던 것처럼
손자는 아직 어려 짐작도 못하는 일이지만,
짐작도 못하는 일이지만…….

변방의 풀잎

1
아침에 잠 깨어
뒤뜰에 나가 보면
나보다 먼저 잠 깬 풀잎,
풀잎 끝 이슬.

부신 햇살에
목욕을 하고
쏴, 쏴, 물 끼얹는 소리를 내며
목욕을 하고,

대숲에서
이슬방울을 털며 쏟아지는
아침 참새 떼……

빛이 모이는 곳에
새소리들도 모여서

어쩜 그건 쨍그랑, 쨍그랑,
햇빛 깨어지는 소리로

내 어지러운 지난밤
꿈을 씻는다.
나의 아침 하루
더딘 출범의 돛폭을 단다.

2
사람이 싫어
사람 냄새가 싫어
인가 멀리
사람 발자국 끊긴 곳
무성하게 자라나는 풀잎.
무성하게 자라나는 고요.

사람이 싫어

사람 냄새가 싫어
인가 멀리
우거진 풀숲에
짜아하니 흩어진
가을 풀벌레 울음.

물이 아니어도
물같이 스미는 마음아.
달빛이 아니어도
달빛같이 부서져 반짝이는 마음아.

도라지꽃 싸리꽃 우거진 곳에
쓰러져 통곡하는 우리들 청춘,
우리들 젊은 날의 사랑아.

3
외할아버지 일찍

저승으로 보내시고
시집보낸 외동딸이 오는가,
외손자들 오는가,

문 밖에 서성이는 나뭇잎 하나에도
소스라쳐 놀래시는 귀가 커서

희끗희끗 흰구름 사위어지는
언덕에 올라
먼먼 들길만 보며
들길에 오가는 낯선 바람 그림자들만 기웃거리며

여린 풀잎에 몸을 기대어 한평생
외할머니는
그렇게 사시는 분.

한 줄기 풀벌레 울음 소리에 몸을 기대어

여린 풀잎 그림자에 몸을 숨기어
외할머니는 그렇게
한평생을 사시는 분.

4
해가 진 지 오래도록
대숲에서 지줄거리는
산새들.

아마
산새들의 가슴속에는
아직도 따스한 햇살이 남아 있나 보오.
빛나는 노을 조각이라도 남아 있나 보오.

해가 지자
더욱 요란스레
풀벌레 울음 소리

대숲의 아랫도릴 흔들고

대숲의 발부릴 적시는
찬 저녁 이슬,

아마
내 가슴속에도 아직은
따스한 노래가 남아 흐르나 보오.
정다운 얘기가 남아 속삭이나 보오.

5
곱게 쓸리는 억새풀꽃 따라 가을바람 따라
혼자 휘파람 불며 가을길을 가노라면
어느새 나는 꿈꾸어라.

옥수숫대 수숫대 어우러진 풀덤불 사이
밤이 와도 불이 켜지지 않는 초가집 한 채.

사람들 비우고 떠나간 오두막집 한 채.

갈꽃 향기에 젖어
가을 풀벌레 울음 소리에 젖어
쓰러질 듯 쓰러질 듯 그 오두막.

거기 살던 사람들은 떠났어도 가을은 와서
마당 앞 옹달샘은 맑게 솟아
슬픈 눈을 뜨고 있어라.

거기 살던 사람들은 떠났어도 가을은 와서
뒤뜰에 밤나무 송이 벌고
앞뜰에 감나무 감알이 여물었어라.

2부

응시

처세

사람을 믿기보담은
나무를 더 믿고 살기로 했다.

겨우내 죽었는가 싶었다가도
봄 되면 어김없이 꽃도 피워주고
잎새도 내밀어주는.

나무를 믿기보담은
보다 더 많이 풀을 믿고 살기로 했다.

숙근초나 구근류의
쑥, 보리, 마늘, 수선, 작약,
붓꽃 따위.

아니면, 야산에 제멋대로 피었다 지는
보리밥풀꽃, 민들레, 패랭이,
그저 그런 것들처럼.

다 저녁때

세상살이 잠깐 마실 왔다 가는 거라고
말하는 그대,

답답하여 하 가슴 답답하여
실바람 되어 가다가
쏘낙비나 만나고 싶다는 그대,

그래 또 너는 언덕 위에 서 있는
한 그루 푸른 소나무나 되고 싶다는 거냐.

그래 또 너는 네 시골집 뒤울안
감나무 너른 감잎새에 뜨는
별빛이나 되고 싶다는 거냐.

세상 길 그 많은 길 다 두고
무서워 가는 길 잃어버려 가지 못하겠노라
말하는 사람아.

>

하늘 위에 밤이 되어 다 저녁때
흐려진 구름 같은 사람아.

소나무를 심으며

내 작은 뜨락에 한 그루 소나무를 심음은
이 작은 소나무 자라
그 솔잎 끝에 엉켜올 하늘의 소리 듣고자
함이어니.
천 년 전에 살았던 사람들의 목소리며 한숨 소리
뜨거운 이마로 싸느라니
맞고자 함이어니.

내 비록 그것들을 다 듣지 못하고
그것들의 말하는 바를 다 깨치지 못하고
돌아간대손,
뒤에 올 사람
이 푸르디푸르게 날선 소리 듣고
조선 선비의 푸른 비수의 기개와 정신
배우게 함이어니.
배워 오래오래 전승하게 함이어니.

>

비록 가난하게 살지언정 아부하거나
변절하지 말며
불의와 손잡지 말며
용궁을 탐내어 간을 내어 팔지 말라,
오로지 곧고 외진 지조
가르치고자 함이어니.

땅거미

숙직하러 가는 길이다,
시절은 꽃철인데 바람은 목에 차고
나무들이 일제히 머리를 모은 서쪽 하늘ㅅ가
구름 한 조각 쫓겨나와 울고 있다.
버려진 헌 고무신짝인 양 울고 있다.

아이까지 셋 낳아 기르던 여자 나이 서른 둘에
속아서 협의이혼하고 맨몸으로 쫓겨난
내 처형 같은 구름이다.

아닌 게 아니라 발밑에 채이는 이 땅거미는
쫓겨난 여자, 내 처형을 시방쯤
골목길에 서성이게 하는 어둠일 게다.

젖먹이 아이들 잊지 못하여
쫓겨난 집 대문간에서 발버둥치며 발버둥치며
빡빡하여 잘 나오지도 않는 딸꾹질 울음을 울게 하는

어둠일 게다.

한 떼의 모가지 잘린 어둠일 게다.

응시

한여름의 푸른 풀 푸른 숲을
이윽히 눈 맞추어 바라보고 있노라면
까닭 없이 억울한 생각,
억울한 생각이 들고

저 푸른 풀 푸른 숲 속의 어디엔가에
누군가의 푸른 숨결 푸른 한숨
숨어 흐르는가 싶어
누군가의 푸른 울음
넘쳐흐르는가 싶어

푸른 풀 푸른 숲은 더욱 푸르게
싱싱하게 보이고
목젖 타고 넘던
울컥울컥 쓰거운 울음 빛깔로 보이고

그래 그래, 이만치서도

그 울음 소리들 한숨 소리들
드디어 말갛게 숨이 죽어 풀이 죽어
그 푸른 풀 푸른 숲의 언덕 위로
빛나는 일진—陣의 흰구름 되어
강행군하는 게 보인다.
이만치서도 아주 잘 보인다.

인동

― 김동현 시인*에게

삼동이래도 어쩌면
새파란 풀잎 같은 것에 젖어 있어야 하고
역겨운 송진 냄새에라도 오오래
절어 있어야 하고

그래,
밤일수록 더욱 맑게 열리는 귀라고 하자.
그래,
눈 내려 더욱 맑게 솟는 새암이라고 하자.

산 속에 첫눈이 내리는 게 그렇게 보기 좋아
혼자 보긴 아깝다고 전보로 불러줘
찾아간 산사,
새벽 산골 울리는 목탁 소리, 새소리, 물소리……

얼음에 싸인 산골짜기
반나마 썩은 나무 뿌리

그같이 언 네 발가락,
처자 버리고 와
판사 공부한다고
갈 데 없이 얼어버린 네 나무 발가락.

돌아서서 주먹으로 훔치는 콧물 눈물 범벅,
코끝이 시리운 골짜기 돌개바람 속
그렇게 남겨진 네
얼굴.

* 김동현 시인(1944~2013) : 1977년 〈중앙일보〉 신춘문예 당선 시인, 변호사.

겨울 농부

우리들의 가을은 논 귀퉁이에
검불더미만을 남겨놓고
저녁 하늘에 빈 달무리만을 띄워놓고
우리들 곁을 떠나갔습니다.

보리밭에 보리씨를 뿌려놓고
마늘밭에 마늘쪽을 심어놓고
이제 이 나라에는
외롭고 긴 겨울이 찾아올 차례입니다.

헛간의 콩깍지며 시래기를 되새김질하는 염소와
눈을 집어먹고 껍질 없는 알을 낳는 암탉과
어른들 몰래 꿩약을 놓는 아이들의 겨울이
찾아올 차례입니다.

그리하여
봄을 기다릴 줄 아는 사람들만이

눈 속에 갇혀 외롭게 우는 산새 소리를 들을 것이며

눈에 덮여서 더욱 싱싱하게 자라나는 보리밭의 보리싹들을

눈물겨운 눈으로 바라볼 것입니다.

눈물겨운 눈으로 바라볼 것입니다.

추수기

풍년은 들었다만,
이화명충이며 감충이며 잘도 이겨내고
논이 터지도록 벼들이 잘도 익었다만
탈곡하자마자 광에 들이기도 전에
다 나갈 것이 뻔한 걸
풍년인들 무엇하나.

얼마큼은 외상 농약값으로 품삯으로
얼마큼은 외상 술값으로 외상 비료값으로
객지에 나가 사는 아들네까지
추수한 체면치레로
또 조금 보내주고 나면
빈 가마니, 빚더미처럼 쌓인 검불더미,
통일벼라 가마니도 못 짜는 모스라진 볏짚단뿐,
해마다 내 차지는 이거.

살기는 어찌하여 한해 한해 더욱 힘이 드나.

산 너머 산이요, 강 건너 강이라더니
내년에는 어떻게 좀 되겠지, 속아 사는 또 한해
쌓여서 주름살만 늘고 그래서 일평생
이젠 아무 짝에도 못 쓰게 모스라진
육신만이 남았다.
배 터지게 풍년 든 논두렁 가에 물꼬 가에 썩은 말목
혹은 헌 가마니짝
자식들도 알아주지 않는 껍데기만 남았다.

비농가

농촌 살며 농사 안 짓는 설움은
농사철이면 더하다.
땅 없는 사람의 설움은
땅 없는 사람만이 안다.
알곡식 거둬들이느라 종그래기도 놀지 않는다는 추수기에
거둬들일 것이 없는
한가한 손의 슬픔을 누가 아는가.

시골서는 더 못 살겠다.
농사채 팔아 가지고 잘 살아 보겠노라
서울로들 떠나가지만
팔아먹을 땅마지기조차 없는 사람의 슬픔을
누가 아는가.

탄광 가면 날품삯이 비싸다기
돈 벌러 무작정 탄광까지 갔다가
빈 손 털고 돌아온

우리 작은아버지, 우리 못난 작은아버지……

그나마 하던 장돌뱅이 계란 장사도 할 수 없게 되어
먼산바라기로 정신 나간
비농가의 호주인 우리 작은아버지의 가난을
가을이 와도 거둬들일 것이 없는 사람의 슬픔을
누가 아는가.

고기도 놀던 방죽이 좋더라고
그래도 고향 못 뜨는
우리 작은아버지의 미련을 누가 아는가.

간호

새벽이면 자주 깨어 떨이하는 그대여,
새벽이면 자주 깨어 헛소리하는 ㄱ대여,
내 그대 옆 그대의 일등 보호자 자격으로 누워 있대손
대신 앓아주지 못하는 안타까움만으로 애태워 본대손

어찌 그대가 지금 헤매고 있는
사하라 사막의 한낮이나 광막한 초원의 달밤 같은
아마존 하류의 늪지대나 아프리카의 밀림 속 같은
아득한 아득한 그대의 꿈길을
성한 내가 어찌 따라갈 수 있을 것인가?

다만 그대는 지금 죽어가는 연습을 하고 있고
나는
죽어가는 그대 옆에서 그대의 이름이나 부르고 있거나
시들어져 가는 그대의 뿌리에 물이나 뿌리고 있을 뿐,
그저 한 구경꾼이 아니던가 아니던가.

가을볕

가을이라 우리나라의 가을볕 속에는
설리설리 길 떠나는 방물장수 할머니들.
천명씩 만명씩의 방물장수 할머니들.

굽은 허리 훠이훠이
고갤 넘어 훠이훠이
고추 붉고 감이 익는 이 마을 저 마을로.

저물기 전에 어서 가야지,
한 손에 지팽이 또 한 손에 보퉁이
메밀꽃밭 사잇길로 멀어지는 치맛자락.

가을이라 으스스 조석으로 바람 부니
따스운 날 무우국 한 대접
생각나누나.

술 취해서 생각나는 서울 외숙의 시골

나도 시골 있다구.
나도 시골에 가면 곱게 늙어가는 사촌 누님 있고
모두 커서 선생 하는 조카들도 있다구.

내 비록 봉천동 바닥에서
할 일 없이 통장을 해서
먹구 살지만,
시골서 지게 지기 싫어 서울 와 이십 년
어떻게 어떻게 얻은 여자
사내애만 둘 낳아 놓고 내빼고
다시 얻은 여자와 단칸 셋방살이
여적 면치 못하는 신세다만,

이거 왜 이래.
나도 시골 있다구.
이렇게 밤이 깊어 술 취한 눈으로 바라보는
다닥다닥 별천지 같은 봉천동 바닥의 그 많은 불빛들

모두 잘난 놈들 배운 놈들이 사는 신축가옥의 불빛들
내 집이라곤 단 한 칸도 없다만,

이거 사람 어떻게 보는 거야.

나도 시골에 가면 혼자가 되어서도 삼십 년
홀로 사시는 숙모님 계시고,
임자 없는 밤하늘의 별들
잘 익은 오디 열매들처럼 주렁주렁 열려
반짝이며 나서는 밤들이
모두 내 것이라구.
나도 술 취해서 생각나는 시골 있다구…….

성장지

여기는 동무들과 어울려 새 새끼를 잡아내던 그 대숲이요
여기는 상수리 줍던 그 황토흙의 언덕인데
장마비에 고샅길은 형편없이 패이고
옛집은 헐리고
여기 있던 울타리는 없어지고
새로 생긴 상나무* 울타리 밑에
서울국화* 만 만발 벌었다.

여기는 동무들과 어울려 감꽃을 줍던 그 감나무 밑이요
여기는 귀신이 나와 울었다는 그 무섭던 담모퉁인데
옛 동무 흩어지고
마을길은 넓혀지고
언제나 빈 집 마루 끝에 놓여 있던 빛바랜 꽃가마 치워
지고
고목이 다 된 감나무에 망대로 물렁감을 따는
떠꺼머리 총각은 낯선 아이다.

\> 어쩌면 이렇게 누추하고 비좁은 마을이었을까 싶어
다시 한 번 둘러보는 옛 마을,
아직도 어디선가 어디 흙 속에선가
까맣게 숨었던 어린 옛 동무들의 목소리 들리는가 싶어
울타리 가에 잠자리 잡던 이슬의 손이
풀쑥풀쑥 나오는가 싶어
서성여지는 더딘 하루 가을날의 땅거미,
무지개를 좇던 실한 다리
신경통에 멍이 들어
이슬에 채이는 풀벌레 울음 소리 등을 밀어
그만 돌아가자 하여 그만 돌아간다.

* 상나무 : 향나무, 상록수를 이르는 충청도 말.
* 서울국화 : 과꽃.

된장국

어머님.
갑자기 날씨 쌀쌀해진 요즘 며칠
아내가 끓여주는 뜨뜻한 시래기 된장국 먹으니
어머님 생각납니다.
고향 생각납니다.
고향의 그 나날이 비어가는 들판이, 길모퉁이가, 언덕이,
당신의 손등처럼 까칠해져가는 고향의 나무들이 눈에
밟힙니다.
고추밭과 채전밭이, 공동 우물의 맑은 물이 떠오릅니다.

어머님.
올해도 농사는 두루 대풍이고
어머님께서는 고추밭에 매일같이 나가셔서
허리 구부려 저물도록
붉은 고추들을 따고 계신지요.
붉은 고추들을 따서 광우리에 채곡채곡 담고 계신지요.
어머님 굽은 허리 너머로 피어오르는 초가집들의 저녁

연기

집집마다 여전한지요.

어머님.
오늘은 뜨뜻한 시래기 된장국 먹다가
왈칵 눈물이 솟았습니다.

시래기 된장국이 너무 뜨거워서 그런 것만은 아닙니다.
어머님 생각 문득 가슴에 치밀었기 때문입니다.
고향 생각 문득 가슴에 치솟았기 때문입니다.

메꽃

마파람이 몹시 불어 미루나무 숲에서 샘물 퍼내는 두레박 소리가 나는 밤, 그 때마다 약속이라도 한 듯 청개구리 떼를 지어 목을 놓아 우는 밤에, 애기를 낳지 못하는 아내를 위하여 아내와 함께 울었다. 무엇으로도 부족할 것이 없는 당신이 나 때문에 부족한 사람이 되었으니, 다른 여자얻어서 애 낳고 살라고, 그렇지만 아주 헤어질 수는 없고서울에다 전세방 하나 얻어주고 생활비 대주고 한 달에 두어 번만 찾아와 준다면, 그것으로 자족하고 살아가겠으니물러나겠노라 앙탈하는 아내를 달래다가, 나도 그만 아내따라 울고 말았다.

어디 그게 할 말이나 되냐고, 첫애기 잘못 되어 여러 번수술하다 보니 그렇게 된 것이지, 어디 그게 당신 죄냐고차마 그럴 수는 없는 일이라고, 그러느니 차라리 영아원에 가서 아이 하나 데려다 기르며 같이 살자고, 왜 이런 슬픔이 우리 것이어야만 하느냐고, 남들이 듣지 못하게 작은목소리로 더욱 작은 울음 소리로 느껴 울다가 지쳐 잠이 들었다.

자고 일어난 다음날 아침, 흙담을 타고 올라가 메꽃 한 송이 피어 있는 게, 그 날 따라 아프게 눈에 띄었다. 밤 사이 우리 울음을 몰래몰래 훔쳐 먹고 우리 눈물을 가만가만 받아먹고, 꺼질 듯한 한숨으로 발가벗은 황토흙담 위에 피어서 바람에 날리는 메꽃. 그러고 보니 아내 얼굴 또한 누르 띵띵하니 부은 게 메꽃같이 보였다. 하긴 아내 눈에 내 얼굴도 메꽃쯤으로 보였으리라. 메꽃! 너, 버려진 땅 아무 데서나 자라, 하루 아침 한 때를 분단장하고 피었다가, 이내 시들고 마는 푸새. 담홍빛 슬픔의 찌꺼기여.

미루나무를 바라보는 마음

야들야들 미루나무 속잎새 하나하나에 여린 햇빛이 와 부서지는 거, 여린 바람이 와 손바닥을 까부는 거, 이윽히 바라보아 아, 때때로 우리가 눈물 글썽여짐은, 눈물 글썽여짐은—

저 눈부신 햇빛의 골목을 돌아서 저 푸르른 바람의 언덕을 넘어서 어디쯤, 우리의 착한 종종머리 소녀 심청이가, 밥 빌러 갔다가 밥도 얻지 못하고, 해 다 저물어 빈 바가지인 채로, 고개 숙여 아직도 돌아오고 있기 때문일레라. 필경은, 징검다리 건너다 발을 헛디뎌, 빠른 물살 여울목에 짚신 한 짝 빠뜨려 먹고, 한 짝 발은 벗은 그대로 훌쩍이며 훌쩍이며, 우리에게로 돌아오고만 있기 때문일레라.

글쎄, 우리의 착한 심봉사 또한, 저만큼 딸을 찾아 자기 배고픈 건 미처 생각지 못하고, 쯧쯧 어린 것이 얼마나 배가 고플꼬? 혀를 차며 더듬더듬 지팡이로 더듬으며 마중나오고 있기 때문일레라, 그러기 때문일레라.

누님의 가을

바야흐로 이 나라에는 누님의 가을입니다.
뻐꾸기 뻐꾸기 꾀꼬리 찌르레기 같은 것들
모두 목이 쉬어 재 넘어가고 먹구름도 따라가고
이제 이 나라에는 바위 틈서리로 섬돌 밑으로
날카롭고 미세한 강물 다시 흐르기 시작하여
눈물어린 안구를 말갛게 씻고 바라보아야 할
누님의 가을입니다.

누님.
그 아득한 미리내를 건너
깊은 밤마다 꽃상여 타고 하늘 나라로 시집 가신 누님.
들국화 꺾어 싸리꽃 꺾어 꽃다발 만들어 드릴 테니
무덤을 열고 꽃가마 타고
서리기러기 줄 서 나는 하늘로 해서
치마 끝에 초록 수실 빨강 수실 넘실거리며
두 눈 꼬리에 파란 불 켜 달고
오십시오. 부디 이 땅에 다시 강림하십시오.

\>

이제 이 땅의 모든 꽃들과 열매와 나무들은
일 년 치의 죽음을 장식하기 위하여
예쁘게 예쁘게 치마 저고리를 갈아입었고
이제 이 땅의 모든 사람들은
죽어서도 이름이 잊혀지지 않기를 꿈꾸지 않습니다.

그러나 누님.
어찌하여 풀벌레 울음 소리는 밤새워
아직도 우리에게
돌아오라, 돌아오라, 돌아오라, 목청을 돋구어
이 땅의 적막을 보태는 것이겠습니까?
어찌하여 여윈 풀잎은 작은 이슬방울 하나에도 힘겨워
고개를 떨궈야 하는 것이겠습니까?

누님.
바야흐로 이 나라에는 누님의 가을입니다.
그 아득하고 깜깜한 눈물의 무덤을 열고

저 미세한 풀벌레 울음 소리의 강물을 노 저어
아무도 모르게 가만가만
이 땅의 풀과 나무들 속으로 오십시오.
오셔서 붉은 나뭇잎들을 더욱 붉게 물들이고
익어가는 온갖 과일들을 더욱 달디달게 익히시어
이 나라의 가을을 더욱 완전무결한 죽음이게 하십시오.
이 나라의 가을을 완성하게 하십시오.

젊은 딸들에게

딸들아.
우리나라의 젊고 이쁜 딸들아.
이제 우리나라에는 가을이 가고
가을 풀벌레들의 강물 소리도 얼어붙고
낡은 무덤과 지붕들 위에 지친 산맥들 위에
순백의 흰눈이 내려 덮여야 하는 겨울이 온다.

그러나 딸들아.
나는 오늘 잘 여문 벼이삭 수수이삭들을 보며
너희들의 잘 여문 가슴을 생각하고
잘 익은 콩꼬투리며 팥꼬투리들을 보며
너희들의 그 이쁜 발가락 손가락을 생각한다.
또한 딸들아.
감나무 가지 위에 마지막 남은 홍시를 보며
너희들의 탐스런 대리석의 젖가슴을 생각하고
가을 하늘같이 맑고 맑은 눈빛을 생각한다.
생각하고 생각한다.

>
겨울에도 얼지 않고 속삭이는 작은 시냇물 소리를
그 가슴 안에 가진 딸들아.
보다 더 많이 눈에 덮여
은은히 살 부비며 흐느끼는
솔바람 소리를 그 가슴속에 지닌 딸들아.
너희들은
햇빛 속을 희고 빛나는 이빨로 웃으며
크고 튼튼한 알종아리로 종종종 걷다가도
돌아와선 수틀 앞에 조용히 앉을 줄도 알고
방안의 그 큰 고요의 호수 속에도 잠길 줄 알아야 한다.
그래야 한다.

그러므로 딸들아.
우리나라의 젊고 이쁜 딸들아.
나는 오늘 믿는다.
너희들의 가슴의 그 고요한 호수만을 믿는다.
믿고 또 믿는다.

서울에의 사신
— 김용직 시인*에게

김 형!
풀도 없는 땅에서 꽃을 피우려고
애쓰다 그만 대머리가 다 되어가는 김 형!
오늘밤은 마당에 멍석 내어다 깔고 하늘로 누워
도란도란 익어가는 별들의 이야길 듣다가
김 형을 문득 생각해보았오.
그 많은 별들 중에서 제일 조용히 빛나는
별 하나를 골라
그게 김 형이라 생각해보았오.

작년이던가 초가을
김 형이 맨 처음 나를 찾아주던 일이 생각나오.
시골 사람은 잊고 지내던 냇물에서
피라미 새끼를 찾아내어
그렇게 좋아하던 김 형.
으스렁 달밤에 둘이 논두렁길 걷다가
냅다 논바닥에 오줌 내갈기며

서울서는 저렇게 선명하고도 고운 별을

볼 수 없다고

그게 서울 살며 제일 섭섭한 일이라고

말하던 김 형.

고랫재 냄새 자욱한 주막집 골방에서

두 홉들이 백화소주 한 병을 그렇게 달게 자시던 김 형.

다음날 아침 서울로 가며

땡감을 씹은 아이처럼 갑자기

낯선 얼굴이 되어 인사하며 돌아서던 김 형.

이제 가을이 되면 산에는

서울 여자들같이 이쁘고도 서러운 단풍이 들 게고

서울 여자들의 가슴같이 잘 익은

개암이며 산밤들이 송이 벌 거요.

김 형.

생각나거든 부디

장항행 급행열차 서울서 타고

저승과 이승의 강물을 건너듯 깜박

새까만 밤을 지나 등잔불 다시 키어지고

모깃불 사그라지는 여기 나의 시골

찾아주시오.

찾아와 고단한 날개 쉬었다 가시오.

* 김용직 시인 : 1971년 『현대시학』 추천으로 데뷔한 시인. 김 시인이 시골 우리
집으로 찾아온 적이 있다. 그때 나는 그에게 서울로 가는 기차표
값조차 드리지 못한 것이 지금도 미안한 마음이다.

3부

하오

귀로

대숲에는
근친 갔다 돌아오는
새색시
사박걸음,

비단 치맛자락
슬리는 소리……

사람 없는 비인 산길에서
때 안 탄 노을만
고왔다, 내내.

문득
영근 풀씨처럼 쏟아지는
저녁 새소리…….

내가 꿈꾸는 여자

1
내가 꿈꾸는 여자는
발가락이 이쁜 여자.
발뒤꿈치가 이쁜 여자.
발톱이 이쁜 여자.

정말로 내가 꿈꾸는 여자는
발가락에 때가 묻지 않은 여자.
발뒤꿈치에 때가 묻지 않은 여자.
발톱에 때가 묻지 않은 여자.

그리고 감옥 속에 갇혀서
다소곳이 기다릴 줄도 아는 발을 가진
그러한 여자.

2
그녀의 발은 꽃이다.

그녀의 발은 물에서 금방 건져낸 물고기다.
그녀의 발은 풀밭에 이는 바람이다.
그녀의 발은 흰구름이다.

그녀의 발은
내 가슴을 짓이기기 위해서만 존재한다.
그녀의 발 아래서
나의 가슴은 비로소 꽃잎일 수 있다.
그녀의 발 아래서
나의 가슴은 비로소 흰구름일 수 있다.
금방 물에서 건져낸 물고기일 수도 있다.

하오

나를 바라보는 너의 눈은
흰구름 빠져 노니는
두 채의 호수.

옷 벗은 흰구름의 알몸
물에 시리워
더욱 파래진 하늘빛.
길 잃은 바람.

흰구름도 살아서 숨을 쉰다,
뻐꾸기 울음 한나절 곱게 물매미 돈다,
―미로迷路.

나를 바라보는 너의 눈은
작은 안경알 너머 파닥이는 파닥이는
피래미 피래미 피래미
피래미 떼 잠방대는 호면湖面.

보얗게 찡그려 오는 미간_{眉間}.

비뚤어진 입술 고치려고 꺼내든
동그랗고 쬐끄만 네 손거울.
거기,
잠깐잠깐 어리는
구름 그림자.

겨울 흰구름 · A

아직은 떠나갈 곳이
쬐끔은 남아 있을 듯 싶어,
아직은 떠나온 길목들이
많이는 그립게 생각날 듯 싶어,
초겨울 하늘 구름 바라 섰는 마음.

단발머리 시절엔
나 이담에 죽으면 꼭 흰구름이 되어야지,
낱낱이 그늘 없는 흰구름 되어
어디든 마음껏 떠 다녀야지,
그게 더도 말고 단 하나의 꿈이었어요.
그렇게 흰구름이 좋았던 거예요.

허나, 이제 남의 아내 되어
무릎도 시리고 어깨도 아프다는 그대여.
어찌노?
이렇게 함께 서서 걸어도

그냥 섭섭한 우리는 흰구름인 걸,

그냥 멀기만 한 그대는

안쓰러운 내 처녀, 겨울 흰구름인 걸…….

겨울 흰구름 · B

구름이래도 흰구름,
겨울의 시누대밭 머리
키 큰 소나무의 키보담도 더 높이 걸리어
해종일 혼자 흐렁흐렁 울다 가는 흰구름.

내가 먼저 만나 달라 편지해 놓고
내 편에서 만나기로 한 곳에 안 나가
기다리다 기다리다 지쳐
돌아갔을 그 사람 모습 아닐까?
내 거짓말에 속아 넘어간
착하디착한 그 사람 마음 아닐까?

구름이래도 흰구름,
겨울 하늘에 혼자 찾아와
발치에 떨어지는 산새 소리나 듣다가
결국은 해 다 저물어
혼자 울며 스러지는 흰구름.

\>

소나무가 그의 어지러운 머리칼 달래어
대숲이 그 뜨거운 가슴을 풀어헤쳐 키우는
속절없는 바람 소리나 듣다가
대추나무 가지 끝에 걸려
속절없이 얼굴 붉힌 내 겨울 흰구름.

겨울 흰구름 · C

암청색 밤바다 물결 소리 몰아오는
솔바람 소리에
그만 새파랗게 귀뿌리가 얼어서
쬐꼬매진 스물아홉 살,
나의 미세스.

그러나 아직은
이쁜 데가 한 구석은 남아 있기는 있는
그녀 몸에서 스며 나오는
상큼한 풋내음새.
어쩜,
상추와 쑥갓 내음새.

그녀 이마 위에 걸린
서러운 서러운 초승달만
두 채.

초행

뛰는 새가슴.
울렁임은 바다만큼.

눈과 얼음에 막힌
산악과 강하江河의 융동隆冬으로도
끝내 다스리지 못하는
그 바죄임.
그 설레임.

안행雁行을 앞세울까,
바람을 뒤딸릴까,

새각시
달로 별러 날을 잡아
첫 친정 가는 길.

벙긋이 가슴엔

초저녁 달이
톺아오르다.*

* 톺아오르다 : 샅샅이 뒤지면서 찾다.

유월은

유월은
네 눈동자 안에 내리는 빗방울처럼
화사한 네 목소릴 들려주셔요.

유월은
장미 가지 사이로 내리는 빗방울처럼
화안한 네 웃음 빛깔을 보여 주셔요.

하늘 위엔 흰구름 가슴속엔 무지개
너무 가까이 오지 마셔요.
그만큼 서 계셔도 숨소리가 들리는 걸요.

유월은
네 화려한 레이스 사이로 내다보이는 강변
쓸리는 갈대숲 갈대새 노래 삐릿삐릿……

유월은

네 받쳐든 비닐우산 사이로 빙글빙글 돌아가는 하늘빛
비 개인 하늘빛 속살을 보여 주셔요.

5월

벙그는 목련꽃송이 속에는
아, 아, 아, 아프게 벙그는 목련꽃송이 속에는
어느 핸가 가을 어스름
내가 버린 우레 소리 잠들어 있고
아, 아, 아, 굴뚝 모퉁이 서서 듣던
흰구름 엉켜드는 아픈 소리
깃들어 있고
천 년 전에 이 꽃의 전신前身을 보시던 이,
내게 하시는 말씀도 스며서 있다.

당신이 천 년 전에 생겨나든지
제가 천 년 후에 생겨나든지
둘 중에 하나가 되었다면
얼마나 좋았을까요……

시무룩하게 고개 숙인 옆얼굴까지 속눈썹까지
겹으로 으슥히 스며서 있다.
그늘 아래 샘물로 스며서 있다.

가랑잎 잔

가랑잎에
술 따라 마시네,

가랑잎에
이슬 받아 마시네,

노을에 기대 선
머언 실루엣.

시인
박용래.

새각시 구름

시방은 창 밖에 흰구름의 화장이
한창 신나는 하오 한때,

속눈썹 그리고
연둣빛 아이라인 그리고
옷고름 여미었다 다시 풀고
거울을 보고……

돌아서 계시라 하였잖아요?
들켜버린 부끄러움에 얼굴이 빨개져서
너무나 찬란한 당신의 눈매,
어지러워 어지러워 어지러워
햇빛 속에 살아 반짝이는 작은 비늘잎 하나!

흰 고무신 신겨 흰 버선 신겨
친정 보낼까, 새각시 구름.

석류꽃

이 꽃은
예로부터 고요하고 아름다운 동방의 나라
아침 이슬 냄새가 묻어나는 꽃.

이 꽃은
이 땅에 대대로 생겨나서
발뒤꿈치가 달걀처럼 이쁜 새댁들의
웃음 소리가 들어 있는 꽃.

허물어진 돌덤불 가에 장독대 옆에
하늘나라의 촛불인 양 피어 선연히
그 며느리들을 대대로 내려가며
투기하는 이 땅의 시어머니들의
한숨 소리도 들어 있는 꽃.

앞으로도 이 땅에서
끊이지 않고 생겨나서

발뒤꿈치가 달걀처럼 이쁠 새댁들의
웃음 소리가 연이어 들어 있을 꽃.
연이어 들어 있을 꽃.

자목련꽃 필 무렵

자목련꽃 필 무렵 부는 바람은
연한 토끼풀꽃 내음과 쑥내음이
스며 있어서

오래 앓아 누운 사람조차
마당으로 나와 서성이게 하고
오래 오지 않던 흰구름도
그 마당가에 오게 하여
그 사람과 오랜만에 만나게 하고

깔깔깔 깔깔깔
열여섯 열일곱 그 또래의 계집애들
웃음 소리도 조금은 숨어서 있다.

울 어머니 소싯적
대청마루 나와 앉아
수틀에 수를 놓고 계시던

반듯한 이마의 가리맛길도
약간은 바래져서 어리어 있다.
약간은 자부름에 겨워서 어리어 있다.

봄날에

사람아,
피어오르는 흰구름 앞에 흰구름 바라
가던 길 멈추고 요만큼
눈파리하고 서 있는 이것도 실은
네게로 가는 여러 길목의 한 주막쯤인 셈이요,

철쭉꽃 옆에 멍청히
철쭉꽃 바라 서 있는 이것도 실은
네게로 가는 여러 길 가운데
한 길이 아니겠는가?

마치,
철쭉꽃 눈에 눈물 고이도록
바라보고 있노라면
가슴에 철쭉꽃물이라도 배어 올 듯이,
흰구름 비친 호숫물이라도 하나 고여 올 듯이,

\>

사람아,
내가 너를 두고
꿈꾸는 이거, 눈물겨워하는 이거, 모두는
네게로 가는 여러 방법 가운데
한 방법쯤인 것이다.
숲 속의 한 샛길인 셈인 것이다.

들국화 · B

1

울지 않는다면서 먼저
눈썹이 젖어

말로는 잊겠다면서 다시
생각이 나서

어찌하여 우리는
헤어지고 생각나는 사람들입니까?

말로는 잊어버리마고
잊어버리마고⋯⋯

등피
아래서.

2

살다 보면 눈물날 일도
많고 많지만
밤마다 호롱불 밝혀
네 강심江心에 노를 젓는
나는 나룻배.

아침이면
이슬길 풀섶길 돌고 돌아
후미진 곳
너 보고픈 마음에
하얀 꽃송이 하날 피웠나부다.

배회

1

사랑하는 사람아, 너는 모를 것이다.
이렇게 멀리 떨어진 변방의 둘레를 돌면서
내가 얼마나 너를 생각하고 있는가를.

사랑하는 사람아, 너는 까마득 짐작도 못할 것이다.
겨울 저수지의 외곽길을 돌면서
맑은 물낯에 산을 한 채 비쳐보고
겨울 흰구름 몇 송이 띄워보고
볼우물 곱게 웃음 웃는 너의 얼굴 또한
그 물낯에 비쳐보기도 하다가
이내 싱거워 돌멩이 하나 던져 깨뜨리고 마는
슬픈 나의 장난을.

2

솔바람 소리는 그늘조차 푸른빛이다.
솔바람 소리의 그늘에 들면 옷깃에도

푸른 옥빛 물감이 들 것만 같다.
사랑하는 사람아,
내가 너를 생각하는 마음조차 그만
포로소름 옥빛 물감이 들고 만다면
어찌겠느냐 어찌겠느냐.
솔바람 소리 속에는
자수정 빛 네 눈물 비린내 스며 있다.
솔바람 소리 속에는
비릿한 네 속살 내음새 묻어 있다.

사랑하는 사람아,
내가 너를 사랑하는 이 마음조차 그만
눈물 비린내에 스미고 만다면
어찌겠느냐 어찌겠느냐.

3
나는 지금도 네게로 가고 있다.

마른 갈꽃 내음 한 아름 가슴에 안고
살얼음에 버려진 골목길 저만큼
네모난 창문의 방안에 숨어서
나를 기다리는
빨강 치마 흰 버선 속의 따스한 너의 맨발을 찾아서.
네 열 개 발가락의 잘 다듬어진 발톱들 속으로.

지금도 나는 네게로 가고 있다.
마른 갈꽃송이 꺾어 한 아름 가슴에 안고
처마 밑에 정갈히 내건 한 초롱
네 처녀의 등불을 찾아서.
네 이쁜 배꼽의 한 접시 목마름 속으로
기뻐서 지줄대는 네 실핏줄의 노래들 속으로.

4부

모음

숲

비 개인 아침 숲에 들면
가슴을 후벼내는
비의 살내음.
숲의 살내음.

천 갈래 만 갈래 산새들은 비단 색실을 푸오.
햇빛보다 더 밝고 정겨운 그늘에
시냇물은 찌글찌글 벌레들인 양 소색이오.

비 개인 아침 숲에 들면
아, 눈물 비린내. 눈물 비린내.
나를 찾아오다가 어디만큼 너는
다리 아파 주저앉아 울고 있는가.

혼자서

하이얀 티셔츠 차림으로
미루나무 숲길에서 온종일 서성이고 싶은 날은
깊은 산골짜기 새로 돋은 신록 속에 앉아 있어도
안개 자욱 개구리 울음 소리 속에 앉아 있어도
귀로는 연신
머언 바다 물결 소리를 듣는답니다.

아야, 아야, 아야, 아야,
산너머 산너머서
흰구름 생겨나고 죽어가는 소리를 듣는답니다.

바다에는 지금
하얀 돛폭을 세워 떠나가는
돛단배가 한 척.

지금은

지금은 바람나 멀리 도망갔던 누이들도
참한 나비가 되어 나래 접고 돌아와 앉을 때.
비록 멀리 도망가지 못해 울안에서 바람끼를 키우던 누이들도
머리 빗고 차분히 방안에 들어앉아 수틀을 잡을 때.

누이들아 누이들아
지난 여름 무지개와 햇빛과 소낙비에 가려
보이지 않던 산과 들과 나무와 집들이 보이기 시작하고
몰라보게 늙은 어머니의 주름살 또한 보이기 시작하지
않느냐.
지난 여름 먹구름과 천둥과 우레에 가려
들리지 않던 하늘 강물 흐르는 소리와
풀과 나무들이 숨쉬는 소리까지가 들리기 시작하지 않느냐.

오동나무 밑에 일찍 시들어가는 오동나무 잎새의 햇살

을 보며

　산너머 멀어져가는 쓰르래미 소리를 들으며

　지금은 늬들 가슴속에 고인 맑은 샘물을 길어 올려야 할 때.

　지금은 늬들 가슴속 맑은 하늘에 달디달게 익은 과일을
따야 할 때.

　누이들아 누이들아

　이 가을 두 손 가지런히 맞잡고 고개 숙여

　슬프고 외로운 모습으로 서 있는

　저 산과 나무와 풀과 돌멩이와 산짐승과 풀벌레들 하나
하나는

　사실상 우리와 함께 하늘 나라의 식솔들이 아니겠느냐.

　하나님이 기르시는 나무 이파리 하나하나씩이 아니겠
느냐.

늦가을의 저녁때

와슬와슬 바람이 와 옷을 벗는
늦가을의 저녁때 수수밭 사이에 서면
피먹은 노을길의 꼬불꼬불 배암 꼬리가 보이고
착하기만 했지 무식하고 무능하여
맨날 매품이나 팔러 갔다가
축 늘어져 돌아오는 흥부의 두 어깨가 보인다.

흥부여 흥부여
이젠 자랄 대로 다 자라 식모살이 떠나는
자네 딸년들의 얼굴같이
희멀겋기만한 초저녁 달덩이를 어찌할 건가.
울다 울다 지쳐 눈물도 말라
초롱초롱해진 자네 딸년들의 눈, 눈빛 같은
밤하늘의 허기진 별빛을 죄다 어찌할 건가.

모가지 잘려 슬픈 소리를 내는
늦가을의 저녁때 수수밭 사이에 서면

제비도 남쪽으로 떠난 지 벌써 오래여서
제비집만 혼자 남아 집을 지키는
흥부네 빈 추녀끝이 보이고
이젠 집으로 돌아갈까말까 망설이는
흥부의 다 떨어진 짚신짝이 보인다.

소나무에도 이모님의 웃음 뒤에도

얼핏 보아 푸르고 푸르기만 해 보이는 소나무에도
자세히 보면 삭정가지가 숨어 있듯이
여름날의 비를 맞은 함박꽃인 양 화사키만 하던
이모님의 웃음 뒤에도 눈물은 습습이 스며나듯이
사람 사는 한평생에 어찌 매양 기를 쓰고
좋은 일 기쁜 일만 바랄 것인가.

가다간 까마득 잊혀지기도 하고
가다간 죽은드키 숨어 살기도 하고
가다간 꼴찌로 남의 뒤나 슬금슬금
따라 다니는 것 또한 그다지 나쁘지 않은 일.
궂은 일을 당해서도
너끈히 잘 참아 견뎌낼 줄 아는 능력 또한
좋고 좋은 일.

그래야만 오래 살면서도 푸르고 싱싱한 소나무처럼
오래도록 푸르고 싱싱할 것이 아닌가.

그래야만 이모님의 웃음결의 때깔처럼

오래도록 안 잊히고 곱게 살아 남을 일이 아닌가.

겨울 아낙

눈에 덮여 썩은 두엄에 덮여
겨울을 나는 마늘밭같이
종종종 마늘밭 위로 내리는 까투리같이
까투리같이

아낙이여,
초록 저고리 붉은 치마의 그대 마음
흰 버선목보다 더 희고 고운 그대
새댁의 마음이여.

어느 시절엔들
춥고 가난하지 않은 겨울이 있었으며
겨울 없는 봄이 마련될 수나 있었던가.

치켜든 장끼의 울긋불긋 모가지 아래
다소곳이 조아린 까투리같이 까투리같이
그대는 그렇게 있어야 한다.

\>

긴긴 겨울밤을 촛불 밝혀
떨어진 양말 구멍이라도 메우며
그대는 그렇게 있어야 한다.

보리가슬*

　고개, 높은 고개 넘어오다가 숨 가빠서 뻐꾸기 울음 소리 되고 우르르 한 무더기 상수리나무 숲이 되고 고샅길 삐쳐서 달려가다가 그만 나루터에서 은비늘 파닥이는 물고기가 되었습니다, 바람은. 바가지로 건질까, 조래미로 건질까.

---

* 보리가슬 : 보리 가을, 맥추, 즉 보리 벨 무렵.

산행

마음을 비우고 몸을 비우고
당신을 찾아가는 날에 관음보살님,
석련石蓮을 꺾어 드신 손이 이쁘고
벗은 발이 이쁘고 이뻐서
혼자만 슬프신 관음보살님,

당신은 벌써 비자나무 숲길에
한 마리 다람쥐 되어 나를 반기고 계셨습니다.
시냇물 되어 도글도글
조약돌을 굴리고 계셨습니다.

머리를 비우고 가슴을 비우고
당신을 찾아가던 날에 관음보살님,
당신은 이미 징검다리 돌길을 건너는
갈래머리 산처녀, 산처녀 되어
나의 앞길을 먼저 가고 계셨습니다.

고갯길

쓰거운 겨울 쑥니풀
질근질근 씹으며
넘던 길
고갯길.

쑥빛 솔바람 소리
산도적 되어
목 지키는
시오릿길.

너는 언제나 뒷모습
따라갈 수 없을 만큼
앞서 가고 있었지.

찬바람에 붉어진 볼.
정淨한 눈빛.
끝내 허물어지지 않던 구름의 성채城砦.

할 일 없이

할 일 없이

상수리나무 숲
가랑잎에 일어서는
헐벗은 바람 소리나 듣다가,

할 일 없이

파아란 보리밭
보리밭 위에 떨어지는
귀떨어진 햇볕이나 눈여겨 보아주다가,

고작 나는
탱자울에 흩어지는 참새떼.
불방맹이 아이들이 태운 논둑길.
재티 위에 앉은 쇠눈.

>

그림자나 길게 키워
돌아옵니다.
철없는 솔바람 소리나 앞세워
돌아옵니다.

할 일 없이

기우는 해.
적적한 목숨.
서러운 사랑.

숨바꼭질

비석거리 앞에서 추운 줄도 모르고
숨바꼭질 하고 있는 아이들.

짚눌* 뒤에 숨어라.
해님 뒤에 숨어라.

솔바람 소리한테 들킬라,
새소리한테 들킬라,

흙이 되어서
보리싹이 되어서

별빛 뒤에 숨어라.
고드름 속에 숨어라.

미나리꽝에 일렬 짓는
송사리떼.

* 짚눌 : 짚을 높이 쌓은 더미, 볏가리.

까치집

까치집
까치집

오막살이 밥 짓는 연기가
띄워올린 환상.

까치집
까치집

화롯불에 하지감자 구워 먹는 아이들이
던져 올린 팔매질.

여우 우는 마을의 달빛
부엌의 물동이에 살얼음 지는 소리.

그립다,
보리숭늉 끓이는 냄새.

산란초

아무도 모르게 숨겨둔 첩실을 찾아가는 사내처럼
며칠 전에 점찍어둔 산란초를 캐러 가는 이른 아침,
산골짜기에서 느닷없는 한 떼의
산골 안개를 만났다.

혹시 그 산골 안개는
산의 재물에 함부로 손을 대는 나를
은근히 나무라시는 산의 마음이 아니었을까?

나는 산란초를 캐면서도 가슴이 조마조마했다.
등 뒤의 작은 산새 소리에도 훔칠* 놀라며
도망치듯 산을 내려오고 있었다.

* 훔칠 : 놀라는 모양을 드러낸 의태어.

동국

한참 동안을 멍하니
창밖을 보고 있었다.
잎 진 나뭇가지에 바람이 와
명주 수건처럼 걸리는 걸
보고 있었다.

개나리 빛 한복을 차려 입은 여인이
사뿐사뿐
내 등 뒤로 다가오는 듯……

돌아다보니 문득
개나리 빛 여인은 간데 온데 없고
노오란 동국冬菊 화분만 하나
거기 있었다.
탐스러운 꽃송이 셋을 달고
나를 훔쳐보며
부끄러운 듯 고개 숙여 거기 있었다.

>
　오오,
　버선코가 어여쁜 나의 사람아.

수선화

언 땅의 꽃밭을 파다가 문득
수선화 뿌리를 보고 놀란다.
어찌 수선화, 너희에게는 언 땅 속이
고대광실 등 뜨신 안방이었드란 말이냐!
하얗게 살아 서릿발이 엉켜 있는 실뿌리며
붓끝으로 뾰족이 내민 예쁜 촉.
봄을 우리가 만드는 줄 알았더니
역시 우리의 봄은 너희가 만드는 봄이었구나.
우리의 봄은 너희에게서 빌려온 봄이었구나.

먹물

그대 얼굴 위에
한 조각 흐린 노을빛.
미소가 남아 있을 때까지만
여기 앉아 있겠습니다.

그대 두 눈 위에 고인
맑은 호숫물.
눈물이 마르기 전에
이내 떠나겠습니다.

화선지,
번지는
먹물.

참새

참새야
내 손바닥에 앉아다오,

네가 바란다면
내 손바닥은 잔디밭.

네가 바란다면
내 손가락은 마른 나뭇가지.

참말로 네가 바란다면
내 입술은 꽃잎. 잘 익은 까치밥.

참새야
내 머리 위에 앉아다오,

네가 바란다면
내 머리칼은 겨울 수풀. 아무도 모르는.

대좌

날이 날마닥 산과 눈 맞추며 사노라니 산도 이제는 내 마음을 짐작하겠다는 듯 빙긋 웃으시며 건너다 본다.

아 글쎄 봄에는 예쁜 풀꽃 바구니 머리에 받쳐 이고 종종 걸음 내게로 걸어오시는 예닐곱 살짜리 계집애의 산이더니, 여름에 산은 부쩍 성숙한 예비숙녀로 자라 챙이 넓은 흰 모자에 팔 없는 흰 블라우스를 차려입고 한 눈 찡긋 손까불러 나를 부르시는 게 아닌가!

아 또 글쎄 가을에 산은 여름의 깔깔웃음도 다 지워버리고 두 눈에 촛불을 문 초록 저고리 분홍 치마의 새각시 되어 고즈넉이 숙인 고개 함초롬히 이슬 머금고 나를 바라보시다가, 이제 겨울이 되니 한 이십 년 더불어 산 본마누라쯤이나 되는 듯이 소나무 잣나무의 푸른 빛만을 연달아 보내고 계시는 게 아닌가!

날이 날마닥 산과 마주 앉아 사노라니 산도 이제는 내 마

음속 요량을 알겠다는 듯 빙긋 웃으시며 나를 건네다 보게
되었다.

설일

토끼가 버린 눈길
토끼가 버린 산노을을 찾아서

눈 온 날은 마음이 먼저
산으로 간다.

얼어서 향기 나는 나무 뿌리
흙의 뿌리가 되기 위하여

피 한 모금 입에 물고 떨어져 죽은 흰 눈 위의
동백꽃, 개동백꽃을 만나기 위하여

눈 온 날은 발길이 먼저
숲으로 간다.

새들이 놓친 하늘
새들이 놓친 자유를 찾아서.

지연

음력 섣달 그믐날 저무는 하늘에
아스라이 지연紙鳶 한 채 떠 있음을 본다.

무엇이 저 아이로 하여금
연을 하늘에 띄워놓고
저물도록 돌아가지 못하게 하는가.

필시 저 놈은 우리가 어려서 그랬듯이
바람과의 아슬아슬한 곡예의 재미를
일찍부터 깨쳐 안 놈이렷다!

무릇 세상의 기껍고 아름다운 일이란
저 아이에게서처럼
잘 전승되고 잘 다듬어지게 하소서.

그래서
우리의 다음에 올 어린 것들에게까지

세상 사는 재미로서의 톡톡한 몫을
잘 감당해 내게 하소서.
나는 잠시 빌고 빌었다.

소마통 대물림

신식 변소를 마다하신
생전의 할머니께서는
잿간에 나무 소마통을 하나 장만해 놓으시고
그것을 전용하셨는데,
할머니 돌아가신 뒤로는
아버지께서 또한 잿간에 들락날락
예의 그 소마통을 애용하신다.

아버지 이승 뜨신 다음에는
그 소마통 또한 내 차례의
애용물이 될 것인가,
과연 우리집에 대물림할 거라곤
소마통 같은 것밖엔 없는가,

하기사 우리네 푼수로는
소마통의 대물림 또한
귀하고 대견스런 대물림의 한 가지라

아니할 수 없는지
모르긴 모를 일이어라.

동장군

동장군은
가녀린 산새들 심장을 쪼아먹고 자란다.

동장군은
흙밑에 숨죽인 풀씨들 신음 소리를 먹고 살이 찐다.

동장군은
가난한 사람들 한숨 소리를 듣고 더욱 용맹해진다.

동장군은
언제나 나이를 먹지 않는 미소년의 얼굴을 하고 있다.

드디어 동장군은
보잘 것 없는 우리집 뜨락의 작은 꽃밭에 짚동의 옷을 입고 들어 앉는다.

봄이 올 때까지 동장군은

우리집 뜨락을 떠나지 못하고 섭섭해 한다.

이보게, 우리
오래도록 함께 살세.

개나리

너를 생각하면 지금도 가들가들 턱 떨려라,
따슨 봄인가 빠끔히 창문 열고 나왔다가
된서리에 얼어 짓무른 손톱끝 발톱끝.

여덟 식구 밥시중 옷시중 설거지까지 마치고
손에 묻은 물기조차 씻을 새 없이
종종걸음 쳐 가던 등굣길의 언 손 아이 내 누이야.
그렇지만 매양 지각하여
얼음 백힌 손을 쳐들고 벌을 서야만 했던 내 누이야.

너를 생각하면 지금도 두세두세 가슴 저려라,
밥짓기 설거지 빨래하기 싫다고
서울 와서 뒷골목 두터운 그늘에 깔려
어리배기 천치의 눈을 치뜨고 섰는 무우다리.
내 고향의 숫배기 누이들의 무우다리.

너희들의 상업商業은 또 오늘밤
한 묶음에 얼마씩 팔려가야만 한다는 거냐!

흥부의 봄 심청이의 봄

고추장 먹고 무우 장아찌 먹고
독해질 대로 독해진 우리나라의 겨울 추위를
조용조용히 밀어 올리는 저 봄햇살 속에는
닳아서 뭉뚝해진 흥부의 열 손가락, 열 발가락이 들어 있다.
천명 만명 흥부의 바보스러움의 힘이 들어 있다.

영결종천永訣終天 귀양살이로 버려진 우리나라의 겨울 흙을
소리 없이 밀고 나오는 저 봄 새싹 속에는
열여섯 심청이의 예쁜 손도 숨어 있다.
누더기 치마저고리를 걸쳤지만
마음결만은 곱고 고와서 인당수의 연꽃을 타고 오는
천명 만명 심청이의 순정의 힘도 숨어 있다.

봄이여, 봄이여,
천명 만명 흥부의 무식과 무능과 우직함이
밀어 올리는 봄이여.
천명 만명 심청이의 가난과 순정이 키우는

우리나라의 봄이여.

보여다오, 집집마다 개나리 울타리에 내걸리는
심청이의 노랑 저고리 노랑 저고릿고름.
보여다오, 발밑에 피어서 히히히 웃는
누렁 이빨의 사나이 흥부의 민들레꽃.
뭇 발길에 밟히면서도 웃으며 살아나는
천명 만명 흥부의 민들레꽃.

다시 쓰는 후기
나태주

다시 쓰는 후기

나태주 시인

　시집 『누님의 가을』은 1977년 대전의 창학사란 출판사에서 자비출판으로 낸 나의 두 번째 시집이다. 한 권도 서점에 나가보지 못한 시집으로 천부를 찍어서 모두 증정본으로 돌렸다. 덕분에 문단 쪽에는 널리 알려져 그 해 한국시인협회상 종심 후보작으로까지 올라가기도 했다.

　그러나 나로선 수월찮게 아쉬움이 남은 시집이라 말할 수 있다. 일단 시집은 문단 쪽에 먼저 알려져야 하겠지만 종국적으로는 서점을 통해 일반 독자 쪽으로 알려져야 한다. 그것이 시집이 가야할 길이요 살아남는 좋은 방법이다.

　그래서 이번에는 그 길을 한 번 밟아보려고 한다. 마침 첫 시집 『대숲 아래서』를 40년 만에 다시 내준 지혜출판사의 반경환 대표에게 부탁하여 두 번째 시집도 한 번 더 다듬어서 서점에 내보는 일이다.

　이 책 역시 37년 전에 낸 시집이라 새롭게 책으로 만들어 보는 감회가 깊다. 처음 냈을 때는 책의 말미에 이건청 시인의 해설문이 붙어 있었으나 이번 책에서는 실리지 않도록 했다. 그리고 4부에 약간의 시편을 보완했다.

4부에 실린 시편들은 구재기, 권선옥 시인들과 함께 낸 합동시집 『모음』에 실린 시편들인데 그 어떤 시집에도 실리지 못한 시편들이라서 이번 책에서 거두어 싣기로 했다. 물론 이 시편들도 『누님의 가을』 시기에 쓰여진 시편들이다.

이 시집에 실린 시편들은 나름대로 시적인 관심과 영역을 넓혀가던 시기의 작품이라 할 것이다. 개인적으로는 결혼을 하고 여러 가지 수난을 겪으면서 주변 환경에 눈을 돌리기 시작한 시기의 시편들이라 하겠다. 이로서 나의 초기 시편은 완벽하게 재정리된 셈이다. 곱게 보아 읽어주시면 감사한 마음이겠다(2014).

나태주

나태주는 1945년 충남 서천에서 출생하여 1963년 공주사범학교를 졸업하고 1964년
부터 43년간 초등학교 교직생활을 하다가 2007년 공주 장기초등학교 교장으로 정
년퇴임을 했다.

그는 또 1971년 〈서울신문〉 신춘문예에 시가 당선되어 시인이 되었으며 1973년도
에 낸 첫 시집 『대숲 아래서』이래 『시인들 나라』, 『황홀극치』, 『세상을 껴안다』 등 시
집 33권을 출간했고, 산문집 『시골사람 시골선생님』, 『풀꽃과 놀다』, 『시를 찾아 떠
나다』, 『사랑은 언제나 서툴다』 등 10여권을 출간했으며, 동화집 『외톨이』를 내기
도 했다.

받은 상으로는 흙의 문학상, 충청남도문화상, 현대불교문학상, 박용래문학상, 시와
시학상, 편운문학상, 한국시인협회상, 고운문화상 등이 있고 충남문인협회 회장,
공주문인협회 회장, 충남시인협회 회장, 한국시인협회 심의위원장 등을 역임했으
며 현재는 공주문화원장으로 일하고 있다.

이메일주소 : tj4503@naver.com

나태주 시집

누님의 가을

제2판 발 행 2014년 도서출판 지혜
제1판 발 행 1977년 창학사

지 은 이 나태주
펴 낸 이 반송림
편집디자인 김지호
펴 낸 곳 도서출판 지혜
         계간 시전문지 애지
기획위원 반경환 이형권 황정산
주   소 300-812 대전광역시 동구 선화로 203-1 2층 도서출판 지혜 (삼성동)
전   화 042-625-1140
팩   스 042-627-1140

전자우편 ejisarang@hanmail.net
애지카페 cafe.daum.net/ejiliterature

ISBN : 978-89-97386-81-9 03810
값 10,000원